教 育 詩 集

子どもの毎日の笑顔のために

髙木いさお

子ども出版

はじめに

　僕は、すべての子どもが毎日笑顔で暮らせる社会にしたい、と思って詩を書いています。しかし、そんな社会は子どもたちの周りにいる大人たちが幸せでないと実現しない、と思うのです。だから僕は、すべての子どもとすべての大人の幸せのために詩を書いています。

　児童虐待、いじめ、引きこもり、自傷行為、自殺、万引き、援助交際、性犯罪、暴力事件、殺人事件、経済格差、教育格差、……。子ども社会で今起こっている沢山(たくさん)の問題のすべてについて書いているわけではありませんが、僕は子どもに関わる幾つもの問題を詩に書いています。そんな僕の詩は、教育詩と呼ばれたり哲学詩、人生詩、と呼ばれたりしています。そのせいか、先生や教育関係者、そして子育て中の子どもを持つ親御さんの読者が沢山おられます。

　その先生や親御さんと話していると、忙しさや相談する人がいない大変さを訴える方が多くいらっしゃいます。そんな方々に教育の場や家庭で活用していただけたらと思って編んだのが、この教育詩集です。もちろん、子どもに関わる問題の多さと複雑さのすべてが僕の詩で解決されるわけではありません。しかし、解決のためのヒントになる詩が幾つもあるはずです。具体

的な方法だったり、根本的な考え方だったりですが、この詩集を読んでくださった多くの方々に「この詩集は、読まなかったらすごく後悔する本だ！」と感じていただけるはずだと思っています。

　この教育詩集は、先生に読んでいただきたい詩、親御さんに読んでいただきたい詩、先生や親御さんから子どもたちに読むように勧めていただきたい詩、を合わせて104編で編まれています。

　僕は、「詩を書いているから詩人なのではなく、詩のある生き方をしているから詩人なのだ」と思っています。「書こうとして書くのではなく、詩のある生活から自然に湧き出てくるのが詩だ」と思っているのです。ですから僕の詩も、書こうとして書いたのではなく、普段から心にある伝えたい思いが湧き出て詩になったものなのです。僕の詩は、自らの詩的感性を読者にアピールするためのものではありません。具体的に伝えたいことがあって書いている詩なのです。

　この詩集が、沢山の先生や親御さんの支えになり、沢山の子どもたちの毎日の笑顔のために役立つことを願っています。

2016年夏　髙木いさお

教育詩集　子どもの毎日の笑顔のために　目次

はじめに ………………………………………………………………… 2

四つの力 ………………………………………………………………… 8
学校 ……………………………………………………………………… 9
子どもの居場所は ……………………………………………………… 10
教育とは ………………………………………………………………… 11
教育の本筋 ……………………………………………………………… 12
問題児 …………………………………………………………………… 13
ゆがんだ学校 —— 2006年秋の必須科目未履修問題 ……………… 14
無駄な考え ……………………………………………………………… 15
教育について …………………………………………………………… 16
花は ……………………………………………………………………… 17
部活で学んでほしい三つのこと ……………………………………… 18
読書の勧め ……………………………………………………………… 20
図書館の本を読むときは ……………………………………………… 22
作文の勧め ……………………………………………………………… 23
作ることの勧め ………………………………………………………… 24
家庭は小さな世界です ………………………………………………… 25
子どもをどう育てるか ………………………………………………… 26
子どもに寄り添う ……………………………………………………… 27
沢山(たくさん)の子どもたちに出会って
　—— 渚西保育所『すみれぐみ』の15人の子どもたち ………… 28
子どもに ………………………………………………………………… 29
子どもに学ぶ …………………………………………………………… 30
上手になるより ………………………………………………………… 31
与えることで …………………………………………………………… 32
必要なのは ……………………………………………………………… 33

面倒	34
らこすあや	36
守くんへ ── 大好きが沢山(たくさん)	37
守くんへ ── 父の願い	38
子どもの大人	40
子どもの時間	41
良い親の条件 ── 子どもから	42
大人としての責任	43
反対する	44
問題	45
人間であるということは	46
言い換えれば	47
大切な子どもを傷つけているあなたへ	48
子育てと暴力について	50
される身になる	52
強くなってほしい 　── いじめられている君へ　いじめている君へ　知らんぷりの君へ	54
自分を傷つけないでほしい	56
17歳の時	58
花は咲く	60
辛抱	62
あの時	64
忘れてはならないこと	65
生命(いのち)	66
汚(けが)されない心	67
嘘(うそ)	68
素直な表現	69
ゆがんだ欲望	70

目的外使用	72
偉そうな人	73
教養とは	74
謙虚	75
本物の人間とは	76
人間として	77
諦めない	78
壁	79
やめる前に	80
50点主義	81
一年十年	82
才能について	83
根気と見切り	84
その時その時	85
人生のコツ	86
三つの大事なこと	87
自分の人生だから	88
間違いに気付いたら	90
最低だと気付いたら	91
素直に謝る	92
ごめんなさいと言えないとき	93
認めて努力する	94
人は変われるだろうか	95
間違っていると分かっていること	96
誠実に生きる	97
哲学 ── その7	98
正直に生きる	99
夢を持って	100

将来のこと	101
それなら	102
やりたいこと	103
やればいい	104
僕の人生	105
若い君に	106
若い人へ	107
一人前	108
お金で買えないもの	109
優しい人	110
美人について	111
二つの美しさについて	112
誰かを愛するということは	113
性交について	114
恋愛の数	115
君の愛について	116
T君12歳へ	117
相談と責任	118
約束について	119
しょせん一人	120
楽しい人生、最高の人生	121
優しくなるには	122
充分(じゅうぶん)	123
こどものためにあいうえお	124
8月6日	カバー裏表紙
おわりに	126

四つの力

子どもを育てるとき、四つの力をつけてやってほしい

まず、愛力（あいりょく）
人を愛する力を育てないで
どんな人間にしようというのだ

次に、体力
何かをするためには
それをやり遂げるための体力が要る

そして、学力
自ら学べる力が学力だ
暗記力ではない

最後に、考力（こうりょく）
考える力なしに
人生でぶつかる数々の問題に立ち向かうことはできない

この四つの力を
『あいたいがっこう』
と呼んでいる

学校

できなかったことができるようになる
そんな喜びを教えてくれる学校であってほしい

できなかったことはまだできないが
前より少し前進した
そんな喜びを教えてくれる学校であってほしい

知らなかったことを知り
分からなかったことが分かるようになる
そんな喜びを教えてくれる学校であってほしい

知らなかったことや分からなかったことを
学び考え続ける
そんな喜びを教えてくれる学校であってほしい

一人残らずすべての子どもが
喜びながら学び考える
そんな学校であってほしい

子どもの居場所は

子どもの居場所は
安心できない所や辛(つら)い所であってはならない

家庭でも
学校でも
どんな施設でも
まず大事なことは
子どもがそこに居て楽しいということだ

そこで何をどう学ぶかということは
そこが楽しい所であることの次のことなのだ

教育とは

いくら栄養価の高いものでも
無理やり開けさせた口に押し込んで食べさせるのを
食事とは言わないように

いくら身に付けたら良いことでも
押し付けたり強制したりして教え込むことを
教育とは言えないと思う

学びたい人間には教えられるが
聞く気もない人間には教えられない

だから
学びたいと思う人間に育てることが
まず必要なのだろう

教育とは
教えて育てる、というより
育てて教える、と考えた方がいいときもあるのだ

教育の本筋

人間というものは不完全なものだから
どこか未成熟だったり
どこか劣っていたり
どこか欠けていたりする

そんなところを
伸ばしたり
補ったりしながら
一人の人間として生きていくのだ

そしてそういう生き方を
教えながら育てていくのが教育というものだと思う

できる子どもの
できる部分だけを伸ばすことは
教育の本筋ではないと思う

問題児

問題児というのを
問題行動などをする子ども、としか見ないのは
間違っていると思う

問題児というのは
大人に問題を投げ掛けている子ども、だと思う

そしてその答えは
すべての大人が真剣に考え
社会全体の問題として解決していくべきなのだ

ゆがんだ学校 ── 2006年秋の必須科目未履修問題

ほかにもやっている人がいる
そこにもあそこにもやっている人がいる
沢山(たくさん)の人がやっている
沢山沢山の人がやっている
何万何十万の人がやっている

それでも
やってはいけないことはやってはいけないし
やるべきではなかったのだ

正しく生きることは
ずるい生き方から見たら
損する生き方に見えるし
事実、損することもある

しかし
〝それでも正しく生きること〟
それを身に付けることが
学校で勉学することの大きな意義であったはずだ

誰が
学校をここまでゆがめてしまったのだろう

無駄な考え

どんな学校を出たとか
どんな会社に勤めているとか

そんなことにとらわれているのは無駄だし
そんなことにこだわっている人を気に掛けるのも無駄だ

人生は一度きりだから
つまらない考え方に付き合うのは無駄だと思う

どんな学校を出たかより
どんなことを学んできたのか

どんな会社に勤めているかより
どんな努力を今しているのか

そういうことこそが大事なんだと思う

教育について

いつもどこかで
人が人を差別したり
人が人を傷つけたり殺したりしている

これからもずっとではないかもしれないが
今まではずっとそうだった

一度じっくり考えたら
間違っていると分かることなのに
何十年、何百年、何千年もずっとそうだった

その長い長い年月
大人は子どもに何を教えてきたのだろうか
学校では生徒に何を教えてきたのだろうか
家庭では子どもに何を教えてきたのだろうか

たぶん
考えない大人が子どもを教育してきたのだろう

でも
考えない大人が子どもを教育していいのだろうか

花は

植えたこともない所から
花の咲くことがある

だが
種の無い所から
花は咲かない

部活で学んでほしい三つのこと

試合のある部活で学んでほしいことが三つある

一つは
フェアプレーをすることの大事さを知ること

ばれなければいい
相手の得点を防ぐためだからいい
という理屈で反則プレーをすることは
勝負に強いプレーヤーと言われるかもしれないが
人間としては失格だと思う

もう一つは
練習を通して継続した努力の素晴らしさを知ること

考えて工夫して真面目に練習を続けていたら
必ず今よりいいプレーが身に付くはずだ
そしてそのことは部活以外のことにも当てはめて活用できる

最後の一つは
仲間の大切さや支えてくれる人たちのありがたみを知ること

チーム種目であれ個人種目であれ
チームメイトだけでなく相手プレーヤーたちも大切な仲間だ
そしてそんな仲間との部活を通しての成長を
いろんな面で支えてくれている多くの人たちがいる
そのことを忘れずに感謝の心を育てることが大事だと思う

読書の勧め

毎日20分でもいいから
読書の時間をつくってください

例えば小説なら
現代小説であれ時代小説であれ
登場人物を通して
人生の何かが描かれています

生まれてから死ぬまでだったり
たった一日のことだったりしますが
一冊の本には
人生の何かが描かれています

喜怒哀楽のすべてだったり
その中の一つだったりしますが
一冊の本には
人生の何かが描かれています

小説以外の本も読んでみてください

生活する上で必要な知識を教えてくれたり
知的好奇心を満たしてくれる
そんな本が無数にあります

いろんなジャンルの本を
沢山沢山読んでみてください
たくさん

読書することによって
いろんな人の生き方を知ることになり
それが
あなたの生き方を決めるヒントになったりします

いろんな知識を得ることで
あなたの世界が広がります

そして何より
わくわくするのが読書なのです

もし読んでいてつまらないと思ったら
別の本を読み始めたらいいのです

人と付き合っているわけではないのですから

図書館の本を読むときは

物を食べながら本を読んだり
ペンで記入しながら本を読んだり

そんなふうに本を読むのも
その人の自由かもしれません

でも
誰かの本を読むとき
みんなの本を読むとき
図書館の本を読むときに
それをしてはいけないと思います

初めて出合う本の
ページを開いたときに
食べかすが挟まっていたり
ペンで記入がされていたりしたら
誰だって嫌な気持ちになると思うのです

大切に読まれたきれいな本を
次の人へ回しましょう

作文の勧め

感じたこと
思っていることや考えていることを
文章にするということは
感性や思考を磨くことになります

そしてそのことが
人間性を高めることにつながります

日記でも雑記でもいいから
今日から文章を書き始めてください

人間性を高めることなしに
人生を充実させることはできないのですから

作ることの勧め

作るということは素的(すてき)なことだ

絵でも彫刻でも陶磁器でも
映画でも音楽でも漫画でも
詩でも小説でも雑誌でも
花でも庭でも公園でも
家でも家具でもオモチャでも
料理でも服でも寝具でも
箸でも鍋でも束子(たわし)でも
米でも酒でも野菜でも

作るということは素的なことだ

手間と時間をかけながらも
楽しんで作っているということは本当に素的なことだ

そしてそれで
誰かを楽しくさせたり
誰かの役に立っているなら

作るということは素晴らしいことだ

家庭は小さな世界です

あなたの家庭は平和ですか
どんな時でも、暴力は振るわれませんか
お互いに信頼し、尊重し合っていますか
自由な発言が保証されていますか
問題が起きたら、皆で話し合い、努力することで解決していますか
あらゆる差別が排除されていますか
年齢、性別、収入の差で、誰かの特権を許していませんか
全員が、一人の人間としての権利を持っていますか
学ぶという権利が、押し付けの勉強になっていませんか
外では否定していることを家庭の中では認めていませんか

あらゆる生命(いのち)の大切さについて話し合っていますか
生命を傷つけないように生活することを心掛けていますか
自然に生きることを心掛けていますか

奪い合うことの愚かしさを話し合っていますか
与え合うことの素晴らしさを話し合っていますか
共に生きることの意味を話し合っていますか
支え合うことの大事さを話し合っていますか

家庭は一つの小さな世界です
ここを素晴らしい世界にすることが第一歩です
もちろん、第一歩は第二歩のためにあります

子どもをどう育てるか

子どもをどう育てるかは
子どもにどうなってほしいかを具体的に考えることです

子どもにどうなってほしいかを考えることは
大人自らが
どうなりたくて、どのように生きているのかを自問することです

子どもにすぐ手を出すのに
優しい子どもになってほしいと思っても無理です

子どもに分かりやすく何度も説明することなしに
聞き分けの良い子どもになってほしいと思っても無理です

大人自らが
愛するということのない日常生活を送っているのに
子どもに愛情の豊かさを求めるのは無理なのです

子どもに何かを求める気持ちは分かりますが
その前に自らを見詰めなければならないと思います

子どもに寄り添う

子どもが自ら考えるように仕向ける
考えている子どもを励ます
時には一緒に考える

子どもが考えたことを実行したり
考えながら実行しているのを
しっかり見守る

時には
失敗するだろう、と思いながらも
それを静かに見守る

必要な失敗もあるのだから
そんな失敗を先回りして防ぐことはない

子どもは沢山(たくさん)の失敗を乗り越えていくことで
沢山のことを学びながら成長していくのだ

愛(いと)しい子どもが
悔しがったり、自慢したり
泣いたり、笑ったり
悩んだり、面白がったりするのを
寄り添いながら共感し続けたい

沢山(たくさん)の子どもたちに出会って
―― 渚西保育所『すみれぐみ』の15人の子どもたち

沢山の子どもたちに出会って驚いた
一人ひとりが可愛(かわい)いのに驚いた
一人ひとりが優しいのに驚いた
一人ひとりが個性的なのに驚いた

親たちが
可愛くなってほしいと思う前に、もう可愛い
優しくなってほしいと思う前に、もう優しい
個性を伸ばしたいと思う前に、もう個性的だ

沢山の子どもたちに出会って気付かされた
今まで考えていたことの間違いに気付かされた

子どもは草木のように太陽に向かって真っ直(す)ぐ伸びる

可愛いまま
優しいまま
個性的なまま
太陽に向かって真っ直ぐ伸びる

大人は
太陽を遮らないようにするだけでいいのだ

子どもに

楽しい遊びが好きなように
子どもは楽しい話が好きだ

優しい人が好きなように
子どもは優しい声が好きだ

美しい花が好きなように
子どもは美しい言葉が好きだ

ただ残念なことに
刺激的な
話や
声や
言葉の方が
子どもの心に強く食い込んでしまう

だから
だからこそ
子どもには
楽しい話を
優しい声で
美しい言葉を使って語りたい

子どもに学ぶ

小さな子どもであればあるほど
大きく、より大きく反応している

大人ならちょっと傷つくだけというようなことが
小さな子どもには大きな消しがたい傷になったりする

大人ならちょっと微笑(ほほえ)んでおしまいってことが
小さな子どもには飛び上がるほどうれしいことだったりする

そのことの素晴らしさに気付いたら
大人だからと大きな顔をするのはやめて
小さな子どもから素直に学ばなければいけない

上手になるより

上手になるより
大好きになる方が大事

上手に仕上げるより
気に入った仕上がりになる方が大事

上手に生きるより
楽しく生きる方が大事

上手に育てようとするより
いつも笑顔でいられるようにする方が大事

上手に付き合うより
大好きになる方が大事

与えることで

与えることで奪っている
ということだってあるのだから
与えないという愛情もある

大事なのは
与える与えないより前の
誰のために
誰の幸せのために
というところだと思う

多くの人が
他者(ひと)のためにではなく
自分のために与えたり与えなかったりしているから
モノとカタチの欲望の世界になっているのだと思う

自分のためにではなく
誰かのために
与えるべきものは与えるし
与えるべきでないものは与えないことだ

必要なのは

いくら上手に作られていても
化学素材の料理サンプルは食べられない

いくらリアルなゲームだって
それは現実ではない

子どもが成長していくためには
本物の食べ物を食べ
現実の体験を通して
心身が大きくなっていくことが必要なのだ

面倒

子どもの個性を伸ばそう
と口では言いながら

自分は子どもよりずっと年上だとか
自分が子どもの世話をしてやっているとか

そんな理由で
子どもに
命令したり
大声を張り上げたり
言い分を聞こうとしなかったりしている

面倒だからと
自分の一言で思うように動く子どもにしようとしている

こういう関わり方は絶対にいけないと思う

世話をするということは
育てるということは
教えるということは
面倒という以外の何物でもない

面倒なことはどう言い換えても面倒だから
素直に
「面倒だ」と言えばいい

だが
子どもが大人に面倒を掛けるのは自己確立の一過程であり
大人が子どもの面倒を見るのは人格形成の一過程である

つまり
人間というものは面倒を通して成長するしかないのだろう

らこすあや

らんぼうはしない
ことばづかいはていねいに
すねない、すなおに
あいさつとへんじはきちんと
やくそくはまもる

幼児期に身に付けてほしいことなのに
これを身に付けた大人になかなか出会えないのはなぜだろう

守くんへ──大好きが沢山(たくさん)

大好きな人が沢山いて
大好きな食べ物が沢山あって
大好きな遊びが沢山あって
大好きな場所が沢山あって
大好きな映画が沢山あって
大好きな歌が沢山あって
大好きな曲が沢山あって
大好きな花が沢山あって
大好きな生き物が沢山あって
大好きな本が沢山あって
大好きな物が沢山あって
………………………………
……………………………
………………………………

そんな
大好きが沢山ある人間であってほしい

守くんへ ── 父の願い

他者(ひと)から傷つけられることがあっても
他者を傷つけない人間であってほしい

常に弱者の側に立つ人間であってほしい

他者に対しては常に誠実であってほしい

思いやりに溢(あふ)れた優しい人間であってほしい

支え合う関係を大事にしてほしい

どのような時でも理性的であってほしい

物事を論理的に考える人間であってほしい

どのような時
どのような所でも
学び考え続ける人間であってほしい

あらゆるものの声を聞き
あらゆるものに語り掛ける人間であってほしい

自分自身が大きな自然の一部であることを忘れないでいてほしい

傷つけられた生命(いのち)の痛みが分かる人間であってほしい

すべての生命を大切にする人間であってほしい

物欲にとらわれない人間であってほしい

勝ち負けにはこだわらない人間であってほしい

どのようなものであっても
努力して得られたものには価値があることを知ってほしい

常に美しい言葉を話す
元気な人間であってほしい

一人だけ賢かったり豊かだったり
一人だけ優しかったり美しかったり
そんな
一人だけの世界に生きていてほしくない

みんなと一緒に
優しい人間になってほしい

子どもの大人

あるときには
叱ってもいいし
「それは駄目だ」と言ってもいい

けれど
マイナスも含めて
すべてを丸呑みできる大人が
子どもには必要なのだと思う

しかし
年齢は大人でも中身が子どもの大人は
好きなものしか食べない子どものように
子どもの好ましい部分しか呑み込めないのだ

そしてそんな大人に限って
叱るべきときに知らんぷりしたり
駄目だと言うべきときに甘やかしたりするのだ

子どもの時間

今、大人が大人らしくないのは
子ども時代に子どもの時間を過ごしてこなかったからだと思う

子どもの時間というのは
いつも一人でゲームばかりをすることではないし
下校してすぐに塾へ行くことでもない

それは
大人からたっぷり愛されながら
自由に遊べる時間のことだ

そんな時間を充分(じゅうぶん)に持てたとき
子どもが子どもらしい子どもでいられるのだ

そしてきっと
子どもらしい子どもでいられた人が
大人らしい大人になれるのだ

子どもをたっぷり愛せる大人になれるのだ

良い親の条件——子どもから

きちんと話を聞いて
　〝共感してくれる〟

口が堅く、筋の通った考え方をしていて
　〝信頼できる〟

いつも、どんなことにも、速やかで適切な対応をしてくれて
　〝余裕がある〟

一緒に何かしていて楽しいし、人生を心から楽しんでいるから
　〝ユーモアがある〟

大人としての責任

大人には大人としての責任がある
子どもを守り育てる責任がある
子どもを教え導く責任がある

大人には
子どもを幸せにする責任があるのだ

自分には子どもがいないから
とか
我が子ではないから
とか
そんなことを言う人は大人ではない
年齢は大人でも心は大人ではない

大人なら
子どもの幸せを考え
子どもの幸せのために努力するはずだ

大人には
すべての子どもを幸せにする責任がある

反対する

貧困
差別
戦争

大人の愚かさの下に
世界中の沢山(たくさん)の子どもたちが不幸な毎日を送っている

貧困をつくり、貧困を許しているのも暴力
差別をつくり、差別を許しているのも暴力
戦争を準備し、戦争を行い、戦争を肯定しているのも暴力

子どもたちを不幸にする
すべての暴力に反対する

問題

困っている人に対して何もできない人間はいない
しかし、何もしない人は多い

どうすればいいかが分からないなら
困っている人を見ればいい
何に困っているかを見ればいい

肩を落としている人には励ましが要る
涙ぐんでいる人には慰めが要る
病んでいる人には薬が要る
凍えている人には着る物が要る
飢えている人には食べ物が要る

困っていることを解消すべく手を差し伸べればいいのだ

だが
困っている人に対して何もする気がない人もいる
する気がなくて何もしないのだ

どちらにせよ
困っている人に対して何もしない人の多いことが
この世の中の
第一番の問題で
最大の問題で
最終的な問題なのだと思う

人間であるということは

頑張っている人がいたら
応援するのが人間だ

弱っている人がいたら
励ますのが人間だ

困っている人がいたら
助けるのが人間だ

人間であるということは
ただ
それだけのことだと思う

言い換えれば

しなければならないことを
しなかったということは

してはいけないことを
してしまったということだ

大切な子どもを傷つけているあなたへ

たたく手で撫でることができるし
突き飛ばす腕で抱き締めることができます

蹴り上げる足でさえ
折り畳んで膝に乗せることができるのです

小さな時に愛されなかったり
今、誰かに優しくされていなかったり

そんな辛さや腹立ちは分かるのですが
それを小さな子どもにぶつけるのは間違っています

大切な子どもを傷つけないで！
体と心を傷つけないで！
そして
あなた自身も救ってあげて！

あなたが子どもを大切にすることは
あなたがあなた自身を大切にすることなのです

愛することから生まれる愛される笑顔が
きっとあなたを救ってくれます

傷つけながら傷ついていくより
愛することで一緒に幸せになってください

子育てと暴力について

力ずくで押さえ込めるのは表層部でしかないのだから
暴力は決して本当の平静を実現するものではないのです

暴力で押さえ込んだものはいつか噴出してくるから
それを押さえ込むには
継続的に暴力を使うしかないし
さらに大きな暴力を必要とするようになることも多いのです

だから
子どもに暴力を振るってしまったら
それが初めてでも
必ずすぐに誰かに相談してください

子どものことが可愛がれないのなら
二人きりじゃなくて
複数の親子で遊ぶ時間をつくってほしい

そしてそこで
我が子だけじゃなく
すべての子どもの笑顔をしっかり見てください
子どもの笑顔の可愛さと素晴らしさをたっぷり見てください

子どもの世話が大変なら
一人で世話をしないで
誰かと協力してやっていってほしい

子育ては面倒なことも多いのだから
面倒だと思う自分を責めないで
誰かの協力を求めてください

子どもの体や心を傷つけることは
絶対してはいけないことですよ

される身になる

ただの悪ふざけ、と言うが
誰かをたたいたり蹴ったりは
悪ふざけだ、では済まないし
相手が笑い飛ばせない言葉を投げ付けるのも
絶対に悪ふざけというものではない

される身になる

自分が同じようにされたらどうだろう、と考えてみる

いじめている君も
いじめを見ている君も
される身になって考えてほしい

そして考えたら
考えた人間として行動してほしい

いじめをやめる
いじめをしている人に「やめろ！」と言う
周りの先生や大人に「やめさせて！」と言う

と同時に
いじめられている人と仲良くする
いじめられている人に優しい言葉を掛ける
いじめられている人にあいさつをする

自分に何ができるかを考えて、できることをしてみる

困っている人のために何かすることが
誠実な人間として生きているということだ

強くなってほしい
　──いじめられている君へ　いじめている君へ　知らんぷりの君へ

強くなってほしい

しかし、その強さは暴力的な強さではありません
優しさから生まれる強さです
愛する力の大きさに比例する強さです
他者(ひと)を攻撃するための、他者を殺傷するための強さではありません
自分を守るための、誰かを守るための強さです
生命(いのち)を大切にする強さです
生命を守り育てる強さです
生命あるものを幸せにする強さです

それは
君が素直に生きることから
真っ直(す)ぐに生きることから高まってくる強さです

楽しんでいる君
悲しんでいる君
苦しんでいる君
悩んでいる君、……
いろんなときの君がいます

そのすべてが君なのだから
そのすべてを大切にして生きてほしいのです

他者にどう思われるか
誰かにこう思われたい
と考えて自分の心をねじ曲げたら
君の心のきらめきが死んでしまいます

君は、君であることで素晴らしいのです
ただ素直に生きる君が素晴らしいのです

いつも明るい君でいてほしいのですが
悲しんでいる君も君だし
苦しんだり悩んだりしている君も君です
そして、そのすべての君が愛(いと)しい君なのです

君の愛する力が大きくなることを、いつも祈っています

自分を傷つけないでほしい

他者を傷つけることがよくないように
自分を傷つけることもよくないんだ

傷つけたいと思ってしまうのだろうけど
傷つけたらスッとする一瞬があったりするのだろうけど

自分を傷つけることはやめてほしい

もしかしたら
周りの人に救助信号を送ったり
周りの誰かを傷つける代わりに
自分を傷つけているのかもしれない

でもやっぱり
自分を傷つけないでほしい

君が自分を傷つけることで
きっと
周りの人の心を傷つけたり
嫌な気持ちにさせたりしていると思う

傷つけることで
誰かが幸せになるということはない

傷つけることで
一瞬、不幸を忘れられるかもしれないけど
不幸の深さは深くなっていくと思う

傷つけないことが幸せへの第一歩なんだ

幸せになってほしい！

17歳の時

17歳の時
人はなぜ生きているのだろう
なぜこんなに沢山(たくさん)の人が生きているのだろう
なぜこんなに沢山の人が繰り返し産まれてくるのだろう
なぜ毎日時間つぶしをしながら生きている人が沢山いるのだろう
なぜ他者(ひと)にひどいことをする人が沢山生きているのだろう
人が生きることの意味は何なのだろうか
人が生きることに意味があるのだろうか
と悩んだ

何カ月も悩み
何カ月も恐れ続けた

何となく想像した答えに恐れていたのだ

おそらく何も無いのだろう
そして
何も意味が無い、と分かった人生を
僕は生き続けられないかもしれない
と恐れた

けれど今、僕は生きている

人が生きることの意味を見つけられなかったが
死ぬのが怖い自分がいるし
楽しく生きたい自分がいるのを知った

美味しいものを食べたら満足だし
素晴らしい映画を観たら感動するし
優しい言葉を掛けられたらすごく喜ぶ

そんな自分がいるのを素直に認めようと思った

苦しいこと辛いことは何度もある
しかし
楽しめる心を育てていったら
楽しいことうれしいことの方が沢山あることに気付くはずだ

自然に死ぬまで
自然に生きよう

花は咲く

長い人生の中で
「死んでしまいたい」
と思うことがある

一度だけ思う人もいるし
何度も何度も思う人もいる

「自分なんか生きてる意味が無い」
「こんなに苦しい不幸な人生なんて」
「苦しい、辛(つら)い、耐えられない」

沢山(たくさん)の人がそんなことを思ったが
沢山の人がその思いを乗り越えた

一度乗り越えたら終わりじゃなくて
何度も何度も乗り越えないといけなかった人もいた

そして何年か過ぎた時には必ず思った
「生きていて良かった」と

枯れてしまって
何も見えないその場所に
時期が来れば花は咲く

「今は何も無い」
「明日が見えない」
と思っている君にも
花の咲く力が眠っている

時期が来れば花は咲くのだ

何もできないときは
できないのだからしなくていい

やがて
花咲く力が君を起こし
時期が来たぞ、と花は咲くのだ

辛抱

逃げないで辛抱して居続けることも
時には大事なことだ

でも
死にたくなるまで辛抱することはない

もうすぐ爆発しそうな爆弾のそばに辛抱して居続けることは
勇気なんかじゃないし
誠実でもない

生命(いのち)より大切なものは無いのだ

周りの人たちから
何と言われてもいい
何と思われてもいい

君の生命を大切に思わない人たちに遠慮は要らないから
生きているのが辛くなるような場所からは
すぐに離れるべきだ

生きていたら必ず
「生きていて良かった」と思う時が来る

笑顔で暮らしながら
きっとそう思うんだから

あの時

僕の場合
死にたいから死のうとしたんじゃなかった

今のシンドサに耐えるのが辛くて
死んだらシンドサから離れられる
死んだら楽になる
と思ったんだ

毎日毎日
ホームと電車の隙間を見詰め
ここに入れば逃げられる
と思っていた

何十年も前の事だけど、少し前のような気がする

僕は今、笑ったり泣いたりしながら
幸せな毎日を送っている

「あの時、死ななくて良かった」
とはっきり言い切れる

忘れてはならないこと

ある時には
忘れることは失うことです

だから
どんな時にも失ってはならないものは
どんな時にも忘れてはならないのです

生命(いのち)の大切さは
忘れてはならないことの第一番です

生命
<small>いのち</small>

一つの生命を失うことは
一つの全てを失うことだ

汚(けが)されない心

人間は
他者から傷つけられることはあっても
他者から汚されることはありません

人間を汚すのは
自分自身です
自分の大切さを忘れた人間が
自分を汚してしまうのです

他者が汚すことのできない自分の心を
どんなときでも大切にしてください

嘘
　うそ

誰かのために
嘘をつかなくてはいけないときもある

だが
自分を大きく見せたり
自分の失敗を
小さく見せたり
無かったように見せたり
誰かの責任であるように思わせたりするために
嘘をつくのは卑劣だ

素直な表現

いくら正直な気持ちでも
思いやりのないストレートな表現は
素直な表現ではないと思います

そういう表現は
時に誰かを傷つけます

素直な表現というのは
ひねくれない真っ直ぐな態度でする
思いやりのある表現のことです

ゆがんだ欲望

盗みたい
いたずらしたい
暴力を振るいたい
殺したい

こんな欲望は
実行しても、それで終わりにならない

より大きな欲望を生んで
再度、実行したくなったり
大きな大きな後悔の中で
身動きの取れない状態になったりする

いつまで待っても
静かな時間が来ることはない

だから
そんな欲望は絶対に実行せず
欲望を打ち負かすか
それが無理なら、欲望から逃げることだ

夢中になれる仕事やスポーツ、趣味などを見つけ
他者(ひと)にマイナスを与えないそれに没頭して
ゆがんだ欲望から遠く離れることだ

絶対してはいけないことは、絶対してはいけないのだ

目的外使用

力が強いのはいいことです
力の弱い人の荷物を持ったり
倒れそうな人を支えたり
倒れている人を運んであげたりできます

言葉や知識が豊富なのはいいことです
頑張っている人を応援したり
悩んでいる人の話を聞いたり
困っている人を助けてあげたりできます

ところが
強い力と豊富な言葉や知識を
他者(ひと)を踏み付けにするために使う人がいます

それは
けがを治すための包帯で首を絞めるようなもので
最悪の目的外使用です

偉そうな人

偉そうな人が嫌いだ

たとえ
どんなに素晴らしいことをした人でも
他者(ひと)に偉そうにしてはいけない
と思っている

まして
年上だから
教える側だから
お金や物を与えたり貸したりする側だからとかで
偉そうにする必要も権利もないだろう

人間は
どのような他者に対しても偉そうにするべきではないのだ

他者に偉そうにするたびに
自分自身をつまらない人間にしていくのだから

教養とは

教養とは
学び考え続けることで身に付く
美意識
倫理観
洞察力
そして、謙虚さだと思う

謙虚

学べば学ぶほど
自分の知らないことが多くなっていくし
考えれば考えるほど
自分の分からないことが多くなっていく

だから人は
学べば学ぶほど
考えれば考えるほど
謙虚になっていくのだと思う

本物の人間とは

本当に大事なことを知り
本気でそれに取り組んでいる人が
本物の人間だと思う

人間として

なぜこうなったのか、理由を考えること
どうすればいいのか、工夫をすること
こうすればどうなるのか、結果を想像すること

この三つをしないのなら
人間として生きている意味がない

諦めない

何をしても
うまくいかないときがある

やればやるほど
落ち込んでいくときがある

もう抜け出せないのか
と思うようになる

でも
諦めない

諦めないことだ

苦境から脱出できる一番目の要素は
何かいい考えではなく
諦めないことだと思う

壁

壁にぶつかって
どうしても向こうへ行けないときがある
どうしても破れない壁
どうしても越えられない壁の前で
もう駄目かもしれない
と思ったりする
そんなときには
今までのことをゆっくり思い出してみよう
どんなふうに始まって
どんな坂を上って
どんな道を進んできたのか
そしてしっかり考えるんだ

壁にぶつかった
ということは
壁の所までたどり着いたということなんだ

やめる前に

こんなに難しいなんて思わなかった
自分の力ではどうにもできない
やりたい気持ちはあるが気持ちだけではどうにもならない

君の今の気持ちはよく分かる
でも
やめる前に考えてみてほしい

今の君では難しいし
今の君の力ではどうにもならないけれど
3カ月後の君なら
1年後の君なら
3年後の君ならどうだろう

きっと
笑いながらしている気がするんだ

誰でも
始めた時は初心者なんだよ

50点主義

自分がする仕事
自分がやりたい仕事
自分にしかできない仕事
そんな100点を目標にする仕事がある

他者(ひと)との関わりの中でする仕事や
自らの人生を懸けている仕事では
100点以上を目標にすることもある

でも大抵のことは
50点クリアを目標にするのがいいと思う

半分かもしれないけれど
欠点クリアの40点より10点上の50点を目標にする

幾つものことを100点目指すのはしんどいし
それが85点でもすごく大変だろう

でも50点クリアでいいのなら
いろんなことができると思う

いろんなことを楽しむのが人生だから
50点クリアを目標にして
楽しみながら頑張っていけばいいと思う

一年十年

今日明日に死んでしまう
ということがあるのが人間です

でも
今日明日で終わる自分を考えるのは難しいのです

だから僕は
今年一年で人生が終わるとしたら何をしようか
あと十年で人生が終わるとしたら何をしようか
と考えて
さっさと頑張ってすることと
じっくり時間をかけてすることを
同時に進めるように心掛けています

才能について

誰にだって
幾つかの才能がある

だが
磨かなくても輝きを増す才能なんて
ただの一つもないと思う

自分の持っている才能の中から
一番優れた才能ではなく
一番磨き続けた才能が輝くのだろう

根気と見切り

人を育てたり
物事に取り組んだりするときは
根気と見切りが必要だと思う

するべきことをし続ける根気
困難にも立ち向かい続ける根気

そして
これ以上しても無駄だ、というときの見切り

根気なしには難しい事を成し遂げられないが
進展がないのにいつまでも見切らずに頑張っていたら
消耗するばかりで自滅することにもなりかねない

だが
どこまで根気を尽くし
どこで見切るかは
悩むぐらい難しいことがある

その時その時

こう生きれば良い
という具体的な一つの答えがあるわけではないのだから
どう生きるかについて
一つの答えを求めても仕方がない

一人ひとりの人間には
得手不得手があり
好き嫌いもある

だから結局のところ
多くの答えの中から
自分に最も良いと思う答えを選び
その生き方をし続けるしかないと思う

もちろん
納得できないところが出てきたら
修正すればいいし
別の答えに変更してもいい

つまり
今の自分に最も良いと思う道を
その時その時に選び続け
その道を進み続けるしかないのだろう

人生のコツ

誰かの意志が関与していたとしても
生まれたことは偶然だし
誰かと出会うことも偶然だ

すべての出来事が偶然だとも言えるだろう

そんな無数の偶然の中で
素的(すてき)な偶然だけを大切にしようとするが
嫌な偶然だって大切にすべきだと思う

どちらかと言えば
嫌な偶然こそ大切にしないといけない気がする

僕は
心に残るすべての偶然を大切にすることが
人生のコツだと思っている

三つの大事なこと

バランス
リズム
めりはり

若い頃に、走ることから学んだ三つの大事なことだが
その後
詩や文章を書くときにも大事なことだ、と気付き
今では
生活の場でこそ忘れてはいけない大事なことだ、と思っている

自分の人生だから

どう生きていくのか
なんてことを考えないでも生きていける

友達とチャラチャラ遊んだり
一人で時間つぶしの遊びに興じたりして
食べて寝てを繰り返していたら
10年20年はあっという間だ
その間に
添人(そいびと)ができたり
子どもができたりするのだろうが
自分自身は変わらない
乏しい感性と貧しい思考力のままで
ただ年齢(とし)を重ねていくのだ
愛されることも愛することもなく
信頼されることも信頼することもなく
幸せにもならず幸せにもしない
沢山(たくさん)ある美しいものの前を足早に通り過ぎ
空っぽの人生を終える

自分の人生の価値を決めるのは自分だ
自分がどう幸せだったのか
自分がどう他者(ひと)の幸せに関われたのか
もっと簡単に言うと
どれだけ感動して生きてきたのか
もっともっと簡単に言うと
どれだけ沢山の美しいものを見てきたのか

自分の人生は自分でつくるしかない
中身が空っぽの人生も
美しい感動が詰まった人生も
自らの選択一つなのだ

人生が一度きりであることを静かに考えてみてほしい

間違いに気付いたら

間違いに気付いたら
後戻りするか
進路を変えるかして
やり直すしかない

勇気が必要なら
勇気を出して

助けが必要なら
助けを求めて

気付いた時から
やり直すしかない

間違いに気付いたのにやり直さないとしたら
それは
自分の人生を捨てることだ

最低だと気付いたら

人間というものは
しなくてもいいことをしたり
してはいけないことをするものだ

そして、取り返しのつかないことをしたと後悔する

だが
今の自分は最低の人間だ
と気付いた人間はやり直せる

最低だと気付かない人間は
まだまだ落ちていくが
最低だと気付いた人間は
そこから上がるしかないのだ

周りの誰もが信じてくれなくても
それが真実だ

最低だと気付いたら
人生はやり直せる

素直に謝る

人間としてやってはいけないことを
しなかった人間はいないと思う

それが人間の愚かさであり悲しさである

だから人間は
素直に謝らないといけないのだ

謝るしかないこと
弁明の余地がないことをしてしまったら
素直に謝るしかないのだ

そこから人間であることが始まるのだと思う

ごめんなさいと言えないとき

謝らなければいけないのに
自分が悪かったと分かっているのに
相手を傷つけたと思っているのに

「ごめんなさい」
と言えないときがある

恥ずかしかったり
勇気がなかったり
いろんな気持ちがその一言を言えなくしている

そんなときは
自分のことを横に置いて
相手のことだけを考えてみよう

相手が今、どんな思いでいるかを考えてみよう
相手の寂しさ悲しさ悔しさ苦しさを
相手の立場に立って考えてみよう

そして
そこから出てきた自分の思いを
素直に言葉にしてみよう

認めて努力する

今の自分に足りないところ
今の自分に欠けているところ

それを認めることは
負けでもないし恥でもない

それを認めないことが
負けているし恥ずかしいことだ

認めて努力することが
誠実な生き方で
人間性を高めていく生き方なんだと思う

人は変われるだろうか

「人は変われない」
と言う人もいるし
「人は変われる」
と言う人もいる

僕は
変われないと思う人は変われないことが多いし
変われると思う人は変われることが多いと思っている

変わる努力をしたら
変わる努力をし続けたら
変化の大きさはいろいろだけど
必ず変われると思っている

ほっておいても人は日々変わっていくのだから
努力をし続けたら必ず変われると思う

間違っていると分かっていること

間違ったことをしない
ということは人間には不可能だ

でも
間違っていると分かっていることはしない
ということはできると思う

決意や努力が必要だろうが
それはできると思う

間違ったことをしてしまうことと
間違っていると分かっているのにすることは
随分違う

でも仕方がない
などと言い訳しながら分かっている間違いをすることが
自分を汚し、周りの人たちを汚し
社会全体を汚していくのだと思う

誠実に生きる

見てはいけないものもあるし
言ってはいけない言葉もあります
してはいけないこともあるし
させてはいけないこともあります

誠実に生きるということは
自らの内にある欲望やいいかげんの壁を
一つ一つ乗り越えていくことだと思います

当たり前のようにできることもあるし
すごい努力が必要なこともありますが
人間らしい生き方というのは誠実に生きるということです

哲学——その7

狡猾{こうかつ}な勝者より
誠実な敗者になるべきだ

正直に生きる

正直に生きていたら
周りからは
愚かに見えたり
頑固に見えたりするものだ

でも
正直に生きる

誰かにどう思われるかではなく
自分が自分自身に恥じないために

正直に生きるしかないと思っている

夢を持って

夢を持っていてほしい

自分だけの夢でもいいし
誰かと同じ夢でもいい

大きな夢でも小さな夢でもいい

「それはすごいね!」と言われる夢でもいいし
「何それ?」って言われる夢でもいい

夢を持つことは
明日や明後日ではなく
ずっと先の自分を考えることになるから
今日明日に嫌なことがあっても
ずっと先の楽しいことを考えて乗り越えられるはずです

今日の夢が一年後に変わっていてもいいから
いつも夢を持っていてほしい

何年も先のことを思い描きながら
今日、君が笑顔でいられるような
そんな素的な夢をいつも持っていてください

将来のこと

何になるかを考えるときには
どんな何になるかを考えてほしい

何になるかだけを考えていたら
何かになったらそれでおしまいになったりする

何かになるのは
何かになって何かをしたいためじゃないとおかしい

だから
どんな何かになって
どんなことをしていきたいかを考えてほしい

そうしたら
そうなるためには
今からどんな生き方をしたらいいかが分かると思う

それなら

失敗したくない
だからやってみない

傷つけられたくない
だから近づかない

だまされたくない
だから信じない

断られたくない
だから声を掛けない

失恋したくない
だから好きにならない

それなら
死にたくない人は生きないのだろうか

やりたいこと

できる
と思っていてもできないときがある
できない
と思っていてもできるときがある

だから
やりたいことは
まずやってみたらいい

できなかったら
何が足りなかったかをよく考えて
何度もやってみたらいい

やりたい気持ちがある限り
考えながらやり続けたらいい

人間は
やりたいことをやってみるために生きているのだと思う

やればいい

自分の荷物を誰かに背負わせたり
誰かを傷つけたりしない限り
君はやりたいことをやればいいんだ

やらなかった後悔より
笑える失敗や悔し涙の失敗の方が
きっと、君の心を育てると思う

僕の人生

僕が気付いた時
誰かがずっと前に始めていた

僕がやりだした時
誰かがずっと先を進んでいた

だがそれがどうしたというんだ

どう生きるかということについて
独特である必要はない

自分はこう生きるんだと決めて
黙々と生きればいいんだ

若い君に

当たり前のことだけど
若い君には
足りないものが沢山(たくさん)ある

でも
足りないものが沢山あるということは
可能性が沢山あるということかもしれない

若いということ
時間が沢山あるということを
大事にしてほしい

若い人へ

急いで大人にならなくていい

沢山(たくさん)本を読んで
沢山映画を観て
沢山夢を見て
沢山考えて
沢山の人の話を聞いて
沢山の人とじっくり話し合ったらいい

沢山散歩して
沢山の花や木を見たらいい
そして
沢山歩いてヘトヘトになったらいい

一度しかない
自分の人生だから
ゆっくり楽しみながら大人になろう

一人前

自分のことがきちんとできて一人前
というのは間違っていると思う

人間は誰かと生きているから
支え合ったり、世話をしたりしなければならないときがある

だから
一人前になるということは
自分のことがきちんとできる上に
誰かのために動ける人間になる
ということだと思う

お金で買えないもの

お金で買えないものを大切にしよう

楽しい時間
美しい思い出
誰かを愛したこと
誰かに愛されたこと
目から入って頭の中まで真っ赤に染める夕焼け
名前も知らないがいつ見てもうれしくなる可愛(かわい)い花

お金で買えるものはお金があれば手に入れられる
しかし
お金で買えないものは感じる心がなければ自分のものにはならない

お金で買えないものこそ大切にしよう

優しい人

何かのときだけ優しい人
誰かにだけ優しい人

そんな優しい人っておかしいと思う

優しい人は
いつでも
誰にでも優しいと思う

美人について

美人であることは素的(すてき)なことだと思う

でも
美人であることを鼻にかけたり
欲望むき出しの下品で卑しい生き方をしていたら
顔立ちはいいが表情の醜い人になってしまう

だが
美人じゃなくても
美人じゃないことを悔やんだりせずに
いつも明るく笑顔で生きていたら
必ず素的な表情になる

人間は、顔立ちより表情だと思う

明るい心が
明るい表情をつくり
明るい表情が
周りの人の心を明るくする

二つの美しさについて

化粧の仕方が上手になったり
ファッションセンスが磨かれるのも
悪いことではないだろう

でも
外見の美しさは他者(ひと)を感心させるだけのものだと思う

時には
生き方の美しさについて考えてみてほしい

生き方の美しさは
他者を感動させる力を持っているのだから

誰かを愛するということは

誰かを愛するということは
その人の幸せのために努力することだ

「愛してる」と言いながら
するべき努力をしていなかったり

自分への見返りを計算しながら
見える努力だけしていたりするのは

決して
愛しているということではない

誰かを愛するということは
その人が気付いていようがいまいが
その人の幸せのために努力することだ

性交について

好きだからいい
愛してるからいい

と言い訳しながら性交する人がいる

本当に愛しているのなら
我慢するべきときには我慢できると思う

愛するということは
大切にするということだし
誰かを愛するということは
その人の幸せのために努力することだ

だから
本当に相手のことを愛しているなら
本当に相手のことを大切に思っているなら

我慢することができるはずだ

恋愛の数

幾つもの恋愛をしたから
恋愛というものが分かるわけではない

こちらが誠実に接しても
相手が不誠実なら
つまらない恋愛にしかならない

つまらない恋愛を幾つしても
恋愛の素晴らしさを知ることはできないのだ

恋愛は数じゃない

どんな相手とどんな恋愛をするかが重要なんだ

君の愛について

君の愛を
相手が負担に感じているとしたら
それはきっと
君の愛し方が間違っているんだと思う

誰だって
間違った愛し方をする人に
笑顔を返し続けることはないだろう

君が間違った愛し方を直せないなら
静かに離れていくことが
君が相手を愛している証しだと思う

理解することや受け入れることを
押し付けないのが愛だと思う

T君12歳へ

君がうれしい時には
君と一緒に喜んでくれて

君が悲しい時には
君と一緒に泣いてくれて

君が頑張っている時には
必ず応援してくれて

君が悪いことをしている時には
必ず「やめろ！」と言ってくれる

そんな友人を持ってくださいね
そんな友人のできる君になってくださいね

相談と責任

五分五分で決めかねていることを
誰かに相談することもあるし
どうしていいか全く分からないで
誰かに相談することもある

どちらにせよ
誰かに相談して決めたとしても
誰かにどうするかを決めてもらったとしても

決めたことをやった結果は
自分が引き受けるしかない

すべての責任を自分が取るのだ

相談相手に責任を転嫁してはいけない

約束について

約束というものは
努力目標ではない

約束は守るべきものなのだ

だから
守れないと思える事態になったら
そう思った時点で変更や中止を申し出ないといけない

それを相手に伝えないで
約束を守らないということは

誠実な人間であることを放棄することなのだ

しょせん一人

一人で考え
一人で頑張って動いたとしても
大きな流れは変わるものじゃないし
疲れて倒れてしまうだけかもしれない

一人はしょせん一人なんだし
一人の力は小さ過ぎる

でも
一人はしょせん一人なんだ、と分かった上で
一人の小さな力を信じて
一人でできることをやっていくのはいいことだ、と思う

一人はしょせん一人なんだし
一人分だけやればいいんだ

そのうち誰かがやって来て
二人になるかもしれないしね

楽しい人生、最高の人生

自分を偽らないこと
そんな自分を受け入れてくれる誰かがいること

この二つで
楽しい人生を送ることができる

そして
そのような人生を送りながら
他者(ひと)の幸せのために何かしているとしたら

それは
最高の人生だと思う

優しくなるには

金持ちになるには運が要る
賢くなるには時間が要る
優しくなるには何も要らない

充分
<small>じゅうぶん</small>

帰る家があって
きちんと食事ができて
大切にしてくれる人がいて
大切にしている人がいて
自分のしたいことをしているのなら

それで充分幸せだと思う

こどものために
あいうえお

あさいちばんのあいさつは
げんきなこえで
おはようございます

いつもえがおでいられたら
まいにちずっと
しあわせです

うれしくてうれしくて
しかたないのに
なみだがあふれるときがあります

えがおがすてきなひとは
そのひとがもっている
やさしいこころがかおにでているのです

おかしいなとおもったら
だれかに
きいてみましょう

かなしくてかなしくて
しかたないのに
なみだがでないときがあります

きれいなこころは
きれいなはなとおなじように
みんなだいすきです

くるしいときには
だれかに
はなしましょう

けんかをしてしまったら
できるだけはやく
なかなおりをしましょう

こどもは
おおぜいで
そとあそびをしましょう

さいのうは
どりょくしだいで
のびたりちちんだりします

しっぱいからまなぶことはおおいのだから
こんなんだからとあきらめないで
いろんなことにちょうせんしましょう

すきなひとやすきなことがたくさんあれば
わくわくしながらじかんがすぎて
まいにちすごくたのしいです

せきにんをとらないで
しらんぷりしていることは
はんせいしていないということです

そうぞうりょくで
ひとのきもちを
かんがえてみましょう

ただしいことを
いうのはかんたんですが
するのはたいへんです

ちかくにいるひとにも
ときどき
てがみをかきましょう

つまらないことばかりしていたら
いつのまにか
つまらないひとになってしまいます

てをつなぐだけでうれしくなるのは
そのてが
だいすきなひとのてだからです

ともだちとしていちばんたいせつなことは
いつでもだれにでも
せいじつであるということです

なにかのかべにぶつかったら
なぜこうなったのか
りゆうをかんがえましょう

にんげんのなかには
よいひともいるし
わるいひともいます

ぬすみたいとおもったら
たいせつなひとをおもいだして
すぐにそこからはなれましょう

ねることとたべることのつぎに
まいにちしっかり
ほんをよむことがたいせつです

のんびりすることは
こころとからだをやすめることだから
ときどきひつようです

はずかしいことのいちばんめは
じぶんよりよわいひとに
ぼうりょくをふるうことです

ひとりぼっちでいたら
さびしいだけでなく
しあわせになれないのです

ふたりでがんばっていたら
たいていのことは
のりこえられます

へいきでひとをきずつけるひととは
ぜったい
ともだちになれません

ほんとうにやさしいひとは
ときどきだれかにだけじゃなく
いつでもだれにでもやさしいはずです

まずそうだとおもっても
がんばって
ひとくちはたべてみましょう

みんながちからをあわせたら
ひとりをたすけることは
かんたんです

むずかしくてわからないもんだいは
あきらめないで
みんなでかんがえましょう

めんどうでも
しなければならないことは
がんばってやりましょう

もしもだれかにいやなことをされたら
たすけてくれそうなひとに
そうだんしましょう

やさしさとただしさをみにつけていくことは
こころが
せいちょうするということです

ゆめをもったら
それをじつげんさせるために
どりょくしましょう

よいことは
すぐにはじめ
ずっとつづけましょう

らんぼうなのはきらわれますが
やさしいうえに
げんきがいいのはすかれます

りこうぶるひとは
りこうだとおもわれたいひとで
りこうなひとではありません

るすばんをしているときに
しらないひとがやってきたら
かぎをあけてはいけません

れんしゅうをつづけていても
いやいやしていたら
じょうずになりません

ろくにしりもしないことをはなしていたら
よくしっているひとがそばにいて
おおはじをかくことがあります

わるいことをしてしまったら
ごまかさないで
すなおにあやまりましょう

ゐんなとをとこ
とむかしはかきましたが
いまはおんなとおとことかきます

んじゃめな
またはうんじゃめなというとしは
あふりかのちゃどきょうわこくのしゅです

ぱっとぴんとはずれのこたえをださず
たっぷりじかんをかけてかんがえていたら
かんぺきなこたえがぽんとでるかもしれません

おわりに

　実は、この教育詩集は 2015 年の 10 月半ばに完成していて、あとは印刷製本するだけの状態でした。しかし、半年ほど体調（というより心調）を崩してしまい、4 月から始めたツイッターも書けないようになっていました。

　人間が大好きなのに人付き合いが苦手な僕は、対人関係でのストレスにすごく弱いのです。他者に理解されないことは辛いことです。でももっと辛いのは、理解してくれていると信じていた人が実は全く理解してくれていなかった、と分かることなのです。そんなことがあって、何もできない日々でした。

　人付き合いが苦手な僕ですが、裏切られることを恐れて他者を信じない生き方をするより、裏切られる可能性があっても他者を信じ切って生きたいのです。

　こんな僕が書く詩ですから、「甘いところがある」と感じる読者もおられるでしょう。でも、「ひどい現実を変えていけるのは、他者を信じる心を失わないで夢や希望を持ちながら毎日こつこつと誠実に生きていく人たちだ」と思っています。「どうしてなんだ!?」「なぜ、人と人が分かり合えないのだ!?」と思いながらも諦め切れずに頑張り続けるそんな人たちの中の一

人として、僕も詩を書き続けています。

　人付き合いが苦手でも、世渡りが下手でもいいじゃないですか。沢山(たくさん)の人たちからちやほやされるのも人生ですが、少ない人数でも心から信じて応援してくれる人たちに感謝しながら、静かに生きていくのも素的(すてき)な人生だと思います。

　周りの理解や応援に恵まれない中で、子どもの毎日の笑顔のために頑張っておられる先生や親御さんのためにこの詩集はあります。この教育詩集が、先生になるために学んでいる学生さんたちの授業で使われることを願っています。先生の研修などで使われることを願っています。先生や親御さんのサークルでの勉強会で使われることを願っています。沢山の読者の皆さんに何度も読み返され語り続けられることで、この詩集も育っていくのだと思っています。

　この詩集が、日々悩みながらも子どもと真剣に向き合っておられるすべての先生と親御さんの手助けになることを願っています。

2016年夏　髙木いさお

髙木いさお

- 詩人。
- 1954年4月京都市に生まれる。
- 33歳の初夏、勤めていた会社を病気のため退職。34歳の時に、生まれてくる我が子への思いを『桜の咲く頃』という私家版小詩集にまとめる。その後、我が子を育てる体験を通して、すべての子どもが毎日笑顔で暮らせる社会を願うようになる。
- 2003年に初めての詩集、『詩集・愛することと優しさについて』を刊行する。その後、子ども出版から毎年8月6日を発行日として詩集を出版。
- 2010年、米国テキサス州で開催された『第21回テキサス州日本語スピーチコンテスト』の暗唱課題詩に、「誠実について」が選ばれる。
- 2011年3月、「東日本大震災の詩4編」が英国ロンドン大学SOAS(東洋アフリカ学院)や米国の高校などで授業に使用される。
- 2011年8月6日、広島市のマツダスタジアムでの広島カープ対巨人戦の試合前セレモニーで詩「8月6日」が朗読され、来場者約3万人にその詩を印刷したはがきが配布される。
- 2012年5月、著者の選んだベスト詩集『愛することと優しさについて』が飛鳥新社から出版される。
- 2013年、詩のライブや講演活動を再開。
- 2015年3月、東日本大震災の被災者の皆さんを思って作った歌「東北へ届けよう!」を自ら歌い、YouTube上で公開。5月、2015年8月6日の被爆70年に向けて、65周年を迎える広島カープの応援歌「立ち上がれ!駆け上れ!」を作り、YouTube上で公開。8月、原爆ドーム前で詩「8月6日」などを印刷したヒロシマペーパーを一人で4日間に1000名の方へ手渡しする。
- 現在、大阪府枚方市在住。
 HP: kodomoshuppan.net

教育詩集　子どもの毎日の笑顔のために
2016年8月6日発行

著　者　　髙木いさお
編集者　　楢崎　晶子
発行者　　楢崎　晶子
発行所　　子ども出版
　　　　　〒573-1194
　　　　　大阪府枚方市中宮北町1-36-303
　　　　　TEL・FAX　072-848-2341
　　　　　郵便振替　00960-4-316911
印刷・製本　モリモト印刷株式会社
　　　　　ⓒ 2016 Isao Takaki
　　　　　ISBN978-4-9902623-7-2　C0092
不良本はお取り替えいたします。子ども出版までご連絡ください。